變身燈塔

—— 冰夕詩集 ——

【總序】
台灣詩學吹鼓吹詩人叢書出版緣起

蘇紹連

　　「台灣詩學季刊雜誌社」創辦於1992年12月6日，這是台灣詩壇上一個歷史性的日子，這個日子開啟了台灣詩學時代的來臨。《台灣詩學季刊》在前後任社長向明和李瑞騰的帶領下，經歷了兩位主編白靈、蕭蕭，至2002年改版為《台灣詩學學刊》，由鄭慧如主編，以學術論文為主，附刊詩作。2003年6月11日設立「吹鼓吹詩論壇」網站，從此，一個大型的詩論壇終於在台灣誕生了。2005年9月增加《台灣詩學‧吹鼓吹詩論壇》刊物，由蘇紹連主編。《台灣詩學》以雙刊物形態創詩壇之舉，同時出版學術面的評論詩學，及單純以詩為主的詩刊。

　　「吹鼓吹詩論壇」網站定位為新世代新勢力的網路詩社群，並以「詩腸鼓吹，吹響詩號，鼓動詩潮」十二字為論壇主旨，典出自於唐朝‧馮贄《雲仙雜記‧二、俗耳針砭，詩腸鼓吹》：「戴顒春日攜雙柑斗酒，人問何之，曰：『往聽黃鸝聲，此俗耳針砭，詩腸鼓吹，汝知之乎？』」因黃鸝之聲悅耳動聽，可以發人清思，激發詩興，詩興的激發必須砭去俗思，代以雅興。論壇的名稱「吹鼓吹」三字響亮，而且論壇主旨旗幟鮮明，立即驚動了網路詩界。

　　「吹鼓吹詩論壇」網站在台灣網路執詩界牛耳，詩的創作者或讀者們競相加入論壇為會員，除於論壇發表詩作、賞評回覆外，更有擔任版主者參與論壇版務的工作，一起推動論壇的輪子，繼續邁向更為寬廣的網路詩創作及交流場域。在這之中，有許多潛質優異的詩人逐漸浮現出來，他們的詩作散發耀眼的光芒，深受詩壇前輩們的矚目，諸如：鯨向海、楊佳嫻、林德俊、陳思嫻、李長青、羅浩原等人，都曾是「吹鼓吹詩論壇」的版主，他們現今已是能獨當一面的新世代頂尖詩人。

　　「吹鼓吹詩論壇」網站除了提供像是詩壇的「星光大道」或「超級偶像」發表平台，讓許多新人展現詩藝

外，還把優秀詩作集結為「年度論壇詩選」於平面媒體刊登，以此留下珍貴的網路詩歷史資料。2009年起，更進一步訂立「台灣詩學吹鼓吹詩人叢書」方案，獎勵在「吹鼓吹詩論壇」創作優異的詩人，出版其個人詩集，期與「台灣詩學」的詩學同仁們站在同一高度，此一方案幸得「秀威資訊科技有限公司」應允，而得以實現。今後，「台灣詩學季刊雜誌社」將戮力於此項方案的進行，每半年甄選一至三位台灣最優秀的新世代詩人出版其詩集，以細水長流的方式，三年、五年，甚至十年之後，這套「台灣詩學吹鼓吹詩人叢書」累計無數本詩集，將是台灣詩壇在二十一世紀最堅強最整齊的詩人叢書，也將見證台灣詩史上這段期間新世代詩人的成長及詩風的建立。

若此，我們的詩壇必然能夠再創現代詩的盛唐時代！讓我們殷切期待吧。

【主編序】
我們一路吹鼓吹

李桂媚

　　1992年創立的台灣詩學季刊雜誌社，以「論說現代詩學」及「詩寫台灣經驗」為核心，期盼建構屬於台灣的現代詩學，目前同步發行有學術研究刊物《台灣詩學學刊》，以及創作取向的《吹鼓吹詩論壇》。秉持「詩腸鼓吹・吹響詩號・鼓動詩潮」的精神，除了發行刊物，台灣詩學季刊雜誌社與吹鼓吹詩論壇更推出台灣詩學吹鼓吹詩人叢書，提供新秀出版的舞台，近年也積極舉辦大學院校詩學研究獎學金、台灣詩學創作獎、閱讀空氣徵詩、吹鼓吹詩雅集、詩演、詩展等各式活動，呈顯詩的多元化，拉近詩與讀者的距離，希望能把詩的薪火傳遞給更多人。

吹鼓吹詩人叢書，新秀的出發點！

　　活躍於網路的蘇紹連（米羅卡索），2003年設置「台灣詩學‧吹鼓吹詩論壇」（網址http://www.taiwanpoetry.com/phpbb3/index.php），提供新詩創作者網路發表與交流平台。2005年9月開始推出紙本刊物《吹鼓吹詩論壇》，2009年進一步企劃「台灣詩學吹鼓吹詩人叢書」，幫詩壇新秀出版詩集，至2019年底已出版43冊，不少詩人的第一本詩集都由此出發。

　　值得一提的是，「台灣詩學‧吹鼓吹詩論壇」每則詩作發表都有版主與之互動，許多寫作新手在此學習、精進詩藝，日後也加入版主群行列，發揮教學相長的精神，分享寫作經驗給後進，「台灣詩學吹鼓吹詩人叢書」有多位作者都曾擔任（或現任）版主一職。除了「台灣詩學‧吹鼓吹詩論壇」，台灣詩學季刊雜誌社與吹鼓吹詩論壇也在FB設立了「facebook詩論壇」（網址https://www.facebook.com/groups/supoem/），同樣吸引許多愛詩人發表作品，論壇舉辦競寫活動，參賽人次也屢創新高。

詩獎鼓勵新秀，「徵」的就是你！

　　2009年台灣詩學季刊雜誌社舉辦首屆「大學院校詩

變身_燈塔

學研究獎學金」，徵求近兩年已完成的新詩主題學位論
文，鼓勵青年學子投入現代詩研究。2010年進一步推出
「台灣詩學創作獎──散文詩獎」，這場不限國籍、年
齡的比賽，是台灣第一個散文詩獎，獲得詩壇諸多關注
與迴響，總計有來自世界各地的三百多位作者報名。

　　如今「大學院校詩學研究獎學金」與「台灣詩學創
作獎」已成為詩社兩年一度的盛事，2012年「第二屆台
灣詩學創作獎」聚焦於「生態組詩」，鼓勵創作者關懷
地球生態議題，用詩作來省思人與環境、文明與自然的
關係；2014年「第三屆台灣詩學創作獎」號召創作者以
三首「小詩」過招，運用精煉的文字與獨特的創意，帶
給讀者驚喜；2016年邁入第四屆，則採取「不限主題」
的形式，歡迎大家使出十八般武藝，拿出最好的作品，
值得一提的是，參賽者年齡橫跨民國37年次到民國96年
次，顯見詩友們不分年齡，對「台灣詩學創作獎」都寄
予同樣的支持和關注；2018年第五屆再次以散文詩為徵
件對象，2020年第六屆賽事也在緊鑼密鼓籌備中。

　　此外，台灣詩學季刊雜誌社、吹鼓吹詩論壇自2014
年起，也與生原家電阿拉斯加無聲換氣設備、台中古典
音樂台FM97.7合辦「閱讀空氣徵詩」活動，鼓勵大家結

合文學、文化、生活及廣告等視角來書寫空氣，入選作品也在好家庭聯播網播出，透過廣播媒介，讓聽眾在空中與詩相會。

吹鼓吹詩雅集，邀你磨亮創作筆尖！

　　網路上的「台灣詩學・吹鼓吹詩論壇」孕育了無數寫作新秀，然而，隨著資訊科技發展，世界的距離短了，人與人之間的距離卻遠了，2014年台灣詩學季刊社推動「吹鼓吹詩創作雅集」，與會者事先繳交一首詩作，現場討論不會公佈作者名字，讓大家可以不分詩齡、輩分，盡情交流想法，聚會也安排有主評者，提供創作建言。北、中、南分別由白靈、解昆樺、陳政彥擔綱召集人，期待透過面對面的論詩行動，增進跨世代詩人的交流，再掀現代詩寫作風潮。

　　台北場於2014年3月15日下午，在魚木人文咖啡廚房揭開序幕，採取一年舉辦五次的模式，參加人數屢創新高；嘉義場2014年3月17日晚間於嘉義大學登場，參加者以校內喜歡現代詩的學生為主，邀請王羅蜜多講評；台中場則是2014年4月30日下午在中興大學舉行。

　　北部詩雅集2016年改由葉子鳥主持，葉子鳥引進劇場經驗與詩友互動，為詩雅集注入更多創意；2017年

變身燈塔

交棒給林靈歌，林靈歌的好人緣為大家邀來重量級詩人擔任神秘嘉賓，每回現身都讓人驚喜；2019年由蘇家立主持，透過年輕詩人的創意，讓詩與生活更沒有距離。目前台北場的地點固定為紀州庵文學森林，每年3、5、7、9、11月最後一個週六舉行。

「吹鼓吹詩雅集・南部場」睽違二年後，在李桂媚的企劃與王羅蜜多的鼎力相助下，2016年11月27日下午在台南豆儿 DOR ART ROOM 熱熱鬧鬧展開，以「詩房四寶」為活動主題，希望詩友們經過吹鼓吹詩雅集的交流，都能滿載「詩人指點，詩藝大增」、「詩觀交鋒，靈感不絕」、「詩友相識，情誼長流」、「詩意午後，雋永回憶」四寶而歸。2017年的台南場同樣在豆儿登場，把「2017」的諧音「愛你一起」，延伸為「愛詩一起」，第一場5月7日舉辦，第二場則選在11月11日單身節的隔天，把11月12日顛倒過來變「愛詩依依」，歡迎愛詩人跟詩一起告別寂寞。2018年開始，南部詩雅集由王羅蜜多與曼殊繼續推動，以一年兩次的形式持續舉辦。

迎向2022年三十週年，還有許多活動醞釀中，歡迎與台灣詩學季刊雜誌社、吹鼓吹詩論壇一同發現詩的更多可能！

【推薦序】
時間，在童年樹屋取火

張啟疆

低語，嘗試一種頻率

米蘭・昆德拉說：「人類一思索，上帝就發笑。」

時間呢？時間對天下萬物的樣態，又是如何？

豪情大笑？薄情微笑？無情嘲笑？絕情冷笑？

女詩人冰夕筆下的時間，算是有情有義：「在拔絲如藕的蛛網上」（〈深冬老兵〉），「仍薄情微笑著」。

但也會，像個頑童般，「偷笑」。

〈白髮〉一詩中，時間化身為風，「吹開　夾有綠葉的詩集／驚見右手／一綹　虛妄的纏繞」，那是「鵝絨白曲線」，「橫陳中年　擠兌票窗前的候車室／每一

尾皺紋／都捏疼了　想」。

　　精準無誤卻是教全人類三聲無奈的刻寫。

　　面對時間，人，只能啞然失笑？

低聲，吞下大氣層？

　　「一切故事所指涉的終極意義有兩個層面：生命的延續以及死亡的不可避免。」（《如果在冬夜，一個旅人》頁312）

　　卡爾維諾對「生命」的看法，也是躍然紙上的文學觀：延續生命的動力，出自愛情；避免死亡的妄想，化為哀哀此生最致命的吸引力。

　　這麼說來，所有文學、藝術的母題，可以化約為二種：愛欲和死亡？

　　不可諱言，這二個題材，幾乎貫穿古往今來所有大師的名作。

　　只是，卡爾維諾（以及其他大師）無能回防的是：生與死，明明是兩股背道而馳的驅力，為什麼，這兩者經常一為二，二合一，連體卻矛盾？

　　就像，因為時間的偷笑或玩笑，至愛變成寇讎，芳草淪為蕭艾，成住孕生壞空。

　　這問題，沒有人能回答。

　　話說回來，時間不是殺人狂，只破壞不建設，祂會為我們療傷（「是時間，讓靦腆或怯生／越來越潮汐」〈薄〉）也會幫我們接生：憶舊、傷逝、追悔、懺情……大多數創作者耽溺迴旋的主題。

低溫，因為風雨兼程

　　創傷，是一枚辣橄欖、蠢蠢的「空缽」、某年立秋「魚的脆弱或細緻」。

　　入口不化，如〈漸漸石化〉裡「遲悟；也一個人喫著／孤獨太辣」。

　　硬吞剜心，如〈神隱〉中，「活著的臟器／刺痛彼此目光」。

　　耐人細嚼，如〈戀人〉的甜蜜畫面：「喜歡你帶著敲擊樂來／帶我爬上三層樓高的樹屋／走入你童年」。

　　以及，滋味無窮。譬如，〈舞墨〉裡的「滑出繆思狐步，辭謝浮世喧囂／行進你奧義星圖」。

　　可能有體，或許無形；何妨互為表裡、虛實借喻？

　　可能是某場車禍留下的疤痕、某個戰爭派發的勳章、一次意外造成的身心傷害、遙遠從前的「成長」烙印……

　　在冰夕的詩中，象徵「童年」的九歲（有時是

十歲），是時間的戳記（九是極數，意味著童年的盡頭），也是創傷過境滿目瘡痍的地景：

> 遙望童年，命一條從十歲離奇／活到半百／無法革命掉腐味，堆起日子。（〈冰〉）
> 昨夜我抱一個女孩，她昏迷／彷彿失去生息／而滄老我只想將她身上辨識線索／全拋掉。（〈原來〉）
> 把清苦摺進書包。空便當塞滿黏人的鬼針草／在無人的操場／打開陽光！吃羨慕的目光。（〈等〉）
> 為何無法擁有一扇完整的家門。（〈生鏽〉）
> 辣椒紅。是九歲印象眼中的／畫／得努力回想；光圈才／釋放母親手作的味道／散發晨光中清甜兒時嗅覺。（〈泡菜〉）

這篇〈泡菜〉，將視覺印象成功轉化為嗅覺記憶，譜出失恃小女孩的欠缺與渴望：

> 一葉包心菜／皺捲的模樣／多像母女！被愛醃

漬著。

八百萬首悲歌，進駐九歲心靈……（〈沿五十朵
窗花禱告〉）

因為痛苦歷久而彌新，怯生的眼瞳是「畏光的窗
孔」，「疼感　還未老化」（〈神隱〉）。此外，「砧
板」的意象，觸目而驚心：人為刀俎，我為魚肉？既是
創作自剖（「結合百樣米、千種曲折刻度和感恩／躺臥
創作砧板上」〈戒尺〉），也屬至親凌遲（「輯三·至
親或砧板·知遇」）；親情與生活，是女詩人開腸破肚
的殷殷控訴？

而詩句，「微察出難圓夢的病歷」，是「尋覓驚懼
羔羊，滌出流水斑斑／墨跡」。（〈另一種語言〉）

我曾在短篇小說〈中彈者〉（《小說、小說家和他
的太太》1993年，聯合文學，台北）安排一位被流彈誤
傷的男子，求醫無著（路人冷漠以對，連救護車都不理
他），好不容易遇見一名白紗洋裝女子（看起來清純而
善良），趕緊上前求救──沒想到女子搶先開口：「救
救我……你看見我身上的傷口了嗎？」

中彈者愕然搖頭。他只看見一塵不染的白衣、白
淨如瓷器般的臉……那女子緊握他的血掌的一雙
纖手，甚至沾不到他的血跡。

不論有形或無體，有些傷口會痊癒，有些舊傷會
復發：持續流血，痛感縈懷。怎麼辦？書寫是自我輸
血，創作的作用（如果有的話）：療傷止痛，或，自揭
瘡疤。

低眉信手續續彈

那是一種樣態？或者，「未成曲調先有情」的起
手式？

激烈心聲的背景音樂，低幽如泣，低調如訴。

出現頻率最高的是「低眉」：

羅織暖澤相送／酒紅色Cheers／魚雁問候／＿＿
低眉著愛。（〈濕天鵝〉）
沉浮日昇　低眉多透明　細瓷的頸。（〈神隱〉）
羽化後／白玫瑰，不禁低眉。（〈沿五十朵窗花
禱告〉）

　　值得一提的是，「瓷頸」又是冰夕筆下的「驚喻」：倔強而脆弱的緊繃狀態，不得不低頭，卻也不惜折斷自我。

　　〈小說家的女人學油畫〉一詩，赫見如斯描述：而底片恰恰記載稚齡瓷頸上／失語的勒痕。

　　此外，「低音」、「低首」也是詩人的情態：

　　　針筆。呈現乾涸鋸齒狀的／孤挺花／川流巴哈頑強低音。（〈小說家的女人學油畫〉）
　　　難鰲社會學高低不一的門檻／都得低首青澀花瓣成為／記憶中；擺飾。（〈質變〉）

俯首願為孺子牛

　　何時昂首或揚眉？關於紅顏個我，以及，女性命運。

　　揚眉不一定吐氣，換氣亦可。不論願不願意，我們都需要前進的動力。

　　不揚眉，也可以提升夢境，換成冰夕用語：日出因我們而揚升夢／喜歡轉身就碰到幸福鼻尖／抱住淘氣笑聲。〈戀人〉

　　或者，我們不必怎麼，不必不怎麼，坐臥俯仰，但憑快意。

　　菩薩垂眉，金剛怒目，觀照眾生：

　　　游出自由式的／黑珍珠。〈啖春光〉──活寫台
　　　灣珍珠奶茶行銷全世界。
　　　夢，漸漸失去微笑／時事不能說／真相不敢寫。
　　　〈國徽落寞的投影〉──喟嘆某樣情懷、某種價
　　　值的消逝。
　　　秒針！滴答墜如箭雨／扎進老花眼／呼吸比清明
　　　時節單薄（無墳可談心……〈深冬老兵〉──向
　　　煢獨老兵行注目禮。
　　　睜眼大寒穿上文學的小鞋／活／似繁體字被簡體
　　　去勢了。〈斑駁是一種無常，空碗亦美〉──精
　　　英時代告別式。

　　〈斑駁〉一詩，運用二十四節氣，表現時日的快速嬗遞，堪稱時間的急行軍。

　　是啊！小女孩長大了，為人妻，為人母，早已長姊如母。

　　給女兒的悄悄話：欲抱妳嬰孩似臉蛋。才想起／白髮和黑髮已分兩截。（〈純粹幾行〉）

　　給胞弟的未寄家書：親情一站，只兩分鐘。關節喀響了遲疑／捷運旁空地，抬眼月亮盈缺。（〈未寄吾弟箋〉）

　　小女孩沒有童年小屋（「玄關前，等門的乾燥花」〈質變〉），跟隨男孩（時間之子？繆思之神？）「爬上三層樓高的樹屋」，當作祕密基地。

　　天乾物燥，小心火燭！「滲水的心事」、「風箏走心」、「暮年乾柴」、「淹水的眼神」、「想親近的女兒河」……都是易燃物。請敞開心窗，登高望遠，明眸青睞，將自己站成一座燈塔，或者，天火燃字巴別塔。

　　留神！躡手躡腳的時間，正悄悄挨近樹屋，化為一陣焚風、一場暴雨、一響驚雷；而且，仍，薄情微笑著。

　　有一個進行式「者」，意味著未來猶有轉機？一切仍可改變？

　　問題是，我們永遠搞不清楚：祂是來取火？還是縱火？

變身燈塔

作者簡介：張啟疆

台灣大學商學系畢業。觸角遍及小說、散文、新詩、評論領域。曾獲聯合報、中國時報等文學獎首獎近三十項。著有《導盲者》、《消失的□□》、《變心》、《不完全比賽》、《26》等小說，散文、評論集共二十餘部。

【推薦序】
讀《變身燈塔》

葉子鳥

一、誰是誰的變身？

　　與冰夕在「吹鼓吹詩論壇」相識與共事多年，偶有語音聯繫，但未曾見過面，彷若早期的筆友，似是一直書信往來，但彼此的廬山真面目並未曾揭開那層紗，這樣也挺好的，「現實」總是赤裸，在文本裡相識，是世界隙縫中的一處留白，現在凡事處處填滿、處處亢奮、處處即時傳輸……，如果有一個靜謐之處，應該就是讀一本詩集吧！

　　冰夕的第三本詩集《變身燈塔》依然保有她書寫的特色，冷筆、斷裂、東西古典與現代的並置、詞性的轉化與轉換……，這是她特有的「調香」調性，所以也

是她專屬的氣味，一個詩人能夠一直維持一個tone的筆
調，這樣風格的建立，像是同一樹種不斷地連綿而擁有
一片專屬的森林「詩地」。

　　讀詩的人來拜訪，可置換自己為飛禽或獸，寄居藤
生的蔓，蔭下的蕈類……，如果一個人在森林裡漫步，
樹的年輪與木質的後味，將變身成燈塔造型的香水瓶，
誰是誰的變身？或者走著走著就真望見一座燈塔，爍爍
投向海的遠方，猶若寬銀幕的放映：遠景一艘孤身的船。

二、**語言的召喚力量，並非語言自身**

　　《變身燈塔》有幾個嬝繞冰夕繚繞的主題，這些其
實也反覆出現在前兩本詩集[1]：

I.時間：

　　雖然詩人難免感時傷懷，但是讀冰夕的詩，猶如
她愛用的「鐘的意象」[2]，時時刻刻雋刻在詩行裡，如
輯一的第一首〈末了〉就顯現了大量跟時間有關的語
詞：梅開、皺紋、老花眼、小雪、白髮、幾世……，

---

[1]　《抖音石》出版社：秀威資訊，出版日期：2010/06/01。《謬
愛》出版社：秀威資訊，出版日期：2015/11/27。

[2]　冰夕詩集《抖音石》——我讀冰夕，作者：博弈。出處：吹鼓
吹詩論壇。

詩題〈末了〉、〈魚的脆弱或細緻，某年立秋〉〈中年兵變〉、〈漸漸石化〉、〈時間仍薄情微笑著〉、〈白髮〉……，輯三〈斑駁是一種無常，空碗亦美〉整首詩大量運用二十四節氣詩寫，彷彿一座時鐘的秒針就在她筆下滴答滴答，她書寫歲月裡飛逝日曆的歷歷在目，看似大江東去，又不斷地藉詩召喚。語言的召喚力量，並非語言自身，而是其未說的部份，那才是背後的巨大，如影隨形。

II.童年（親情）：

　　「童年」其實也算是「時間」的子題，在冰夕的詩中不時出現童年的影像：「不安童眸的烈焰」、「早天構圖裡／女孩沿母親遺體吸滿病房／橫溢絕望：早熟的藥水味」「童謠。滾落夜半雪崩中驚夢／直擊身世吶喊沿脊骨筆直凍裂全家福相框」[3]。另「親情」也常出現在她的詩中，在輯三特別收錄〈泡菜〉、〈未寄吾弟箋〉、〈歲痕眼中的石頭記〉……，其中〈泡菜〉「得努力回想；光圈才釋放母親手作的味道／散發晨光中清甜兒時嗅覺」，才稍稍有些「溫暖」的味道。冰夕擅長

---

[3]　　出自：〈小說家的女人學油畫〉（組詩五首）。

冷筆斷句描述，「冷」並不代表冷靜，常常隱含傷痛的
「甩尾」，那種磨擦的聲響猶在耳際。

　　如果「家庭」會傷人，那麼我們也要認知「家庭」
的社會單位，其實是非常社會化的文化教育想像。早期
人類的社會部落，由狩獵式的男女各司其職，男狩獵、
女採集的「群婚制」形式，後來人類意識到「近親通
婚，其生不繁」，漸漸發展成「對偶制」，以女子為中
心，男女兩廂情願、不受約束而稍有固定的成對同居形
式，但女人的伴侶可以更換；同樣，男性也有幾個伴
侶，也可更換伴侶。世系按母系，子女歸母親所有，女
性為氏族的領導人。但是，因為生產力的提升，有了剩
餘，以致開始有財產繼承的問題，所以進入了父系氏族
社會，發展到今日的一夫一妻以經濟條件為家庭的「專
偶制」[4]。
　　華人[5]根植於斯的觀念是：「男大當婚，女大當

---

[4]　參考資料：弗里德里希・恩格斯，2003《家庭、私有制和國家
　　起源》（人民出版社）。
[5]　由於秦漢至唐代封建制度的確立，以一夫一妻多妾制盛行於統
　　治階級，也因為自周朝透過禮法的制約，延續至後妻子變成

嫁」、「不孝有三，無後為大」、「男尊女卑」、「三綱五常」等等，而西方更是由教會與國家結合製造一男一女的浪漫愛情、完美家庭的想像，家中的「父」猶如天上的「父」，這些其實都是為了鞏固以父權資本主義的經濟形態的生產資源。因日植受西化的台灣人，雖然看似走向男女自由戀愛的觀念，為推動國語（日語）的教育普及化（這其中依然有階級差異），使得婦女有外出工作的機會，但是在家庭中的「再生產」，舉凡燒菜、煮飯、洗衣、養育兒女、照顧父母……的重擔，多數還是落在婦女身上，我不是強調男性不辛苦，正因為他有苦難言，所以也被扭曲了。轉眼放到台灣由蔣的威權體制走向民主社會的背景下，如今更普遍的商業化，媒體無不洗腦浪漫愛情與完美家庭的形塑，幻化人心度量的標準。

　　童年與親情，確實是形塑一個人的成長背景，那就像一個按鈕，隨時不自覺的啟動，因此有心理學的探索，往內更深的幽暗之處洞見，但也不能忽略模糊巨大背景的內化。詩，不僅僅是個人的敘述，同時也可以看

丈夫的附屬品，要求婦女貞節，提倡從一而終。出處：《中國歷代婚姻與家庭》。

到詩人所在背景的牽動脈絡。

　　冰夕的詩常處在她既傳統又叛逆的性格，不斷撩起記憶裡的纖毛細雕，又有種亟欲賁發的吶喊，終究在節制中複沓主題。

III.死亡：

　　「喪禮」、「喪服」、「遺體」、「冥紙」、「幽靈」、「安息」、「羽化」、「墳」……，這些字詞不斷地浮現在冰夕的詩行，尤以前兩者反覆出現。其中輯二中的〈囍宴上的讀心術〉組詩1「不只三次了，她聽見雨神召喚／喪禮眼神／游出囍宴上／落寞　魚釣著窗外中秋」，明明是喜宴，卻有著喪禮的眼神。此詩與輯三的〈純粹幾行〉「勿忘＿＿莫拾起喪禮中落花／要讓雨神挽眾神／握筆妳茉莉似新日，旋放歲月掌心」有些類似的意象，卻朝不同的方向發展。

　　死亡，是時間中最龐大與無解的最終旅程，面對此烙印下的童稚心靈，似乎不斷地招魂，藉詩的幡旗，回魂小女孩的創傷；但創傷的鬼魅，卻又不斷地召喚。這就是冰夕專屬的「跳針[6]」，這是生與死、死與

---

[6]　冰夕詩裡也常用「跳針」的意象。

生之間的跳針，過往黑膠唱片上所遺下的刮痕，要用詩的獨有唱腔，複製自己的線上播放，轉換音軌繼續前進。

　　這是以詩牽亡的心理治療儀式。

IV.孤獨：

　　詩人書寫「孤獨」是自古以來的傳統，現代詩當然也承襲了這種普遍存於人類個體性的幽幽頻率，那是對自己、以及他者及天地間的蒼茫之感。冰夕的孤獨自有她的味道，輯一的〈離魂曲〉「卻流暢寫出單數歷來／每次都翻船」「靜看孤獨逆亡，惡水流盡／重生在即」、〈漸漸石化〉「遲悟：也一個人喫著／／孤獨太辣！吞沒了眼眶」，輯二〈戒尺〉「旋轉時間的雙人舞裡／引領我孤寒寸步」「＿＿擁抱一個人的孤旅，從師者身後／互換眾生楚境」，輯三〈粽情、重情〉「被咀嚼為大寂靜的陌生／節慶裡／低頭吃自己」，這些詩句裡以「低頭吃自己」最令人引發既莞爾又哀傷的觸動。

　　余德慧在《生死無盡》裡，寫道「人只能在有限的角落生活。」「尋求自己生命的連續感，把握心中那份圓周專意的感覺，而無需由外界注入。我們也越見明

白，對自己虔誠在這年代已是義無反顧的事。」[7]我是如此看待「孤獨」，孤獨自有它的苦澀美感，也有它的堅持；無論世界如何轉變，自覺意識的孤獨感，並非空無，而是回歸無。

三、從小我到大我

《變身燈塔》這本詩集，在形式上有冰夕擅以巨大的象徵語詞書寫或飛白，如巴哈、野獸派、聖餅、罪與罰、百年孤寂、石頭記、長恨歌、錦瑟、楚境、李賀、嘗苦膽……，由此可窺見她的古典與現代，東方與西方的並置性；另外就是時常有意或無意的標點符號運用，如：＿＿、──、（　、／／／、還有刻意在詩行裡將字與字的間距拉成全形，這些視覺上的效果，有時也更造成詩的節奏破壞性。

輯四「吾土或異鄉」是比較社會性觀察的收錄，這是冰夕從個人的內觀，放眼外在世界的變化，從自序的敘述，彷若走出自己以詩變身，她一直默默貢獻詩界，她既是自我的燈塔，也朝向無際之海照向遠方。

2020.09.18

---

[7]　余德慧，2004《生死無盡》，頁116-117，心靈工坊出版社。

作者簡介：葉子鳥

吹鼓吹詩論壇站長，詩作入選2015、2017年度詩選，2011參與差事劇團〈眷鳥返巢〉演出，2015參與南洋姊妹劇團〈看見我們〉演出，2016隨南洋姊妹劇團赴北京與「新工人樂團」及「木蘭花開姊妹」交流，至蓬蒿劇場演出，2017參與〈陳映真追思文藝晚會〉演出及〈移人·來去〉演出，任執行製作，2018參與〈不入九流〉獨腳戲演出，2019、2020參與差事劇團「逆風計畫」。

變身燈塔

【自序】

　　詩集《變身燈塔》的雙重立意：一、照亮迷航者。二、以及企盼曾迷途的羔羊，於歷劫百折磨難後「從灰燼中歸來，淡出創傷，繼而轉化為同理心的扶弱過程」，猶似義工，抱持人溺己溺的胸懷處世；回饋社會效應出燈塔能量！絡繹扶起另一座燈塔，結合無數燈塔相映希望的信念，共實踐重生的真義。

　　從一座燈塔出發，詩學祂讓迷航者，甚至身陷水火中的秘辛，藉由「包容和引導」拓展出生命之於時間、人我之於世界，所感悟到的「信仰」和新希望，繼而一步步、逐年落實為社會裡，扶弱各環節中最基礎的「義工」職志。

　　譬如：從「小我」的童年陰霾，解讀詩生活中，熟

知有人也有類似傷口的歷往，卻撫為傷口的佛手！＿＿＿
寬容且艱辛的扶起，鮮為人知，有極少數親生父母鑄成
漫年失格的錯誤，進而影響幼童失去對人類的種種信任
＿＿＿來自避風港的原生家庭。（傳統東方人有一句，我
覺得失衡的俗語：家醜不可外揚）

　　但最後，仍有人選擇了最黃蓮的畢生，選擇「寬諒
銀髮」仍照護病榻前，換洗長輩的尿布，關懷其身心。

　　縱然，我讀見這位家庭受虐兒、她崎嶇的成長史，
以及她竟成為燈塔，她留著長髮不燙不染，只為了要
「捐獻」給養老院，或罹癌掉髮的病患。

　　她的善念、善緣，令童年陰霾的我幾乎難想像，
「人性的寬容」是如何

　　轉念！＿＿＿從她斑斑瘀青受創的稚齡身心，竟逆轉
為暮年恢弘的向上能量？

　　而不時浮現我午夜睡前，省思著「人性的價值觀為
何？人一生的真義何在？」

　　於斯，我感恩。另一座燈塔島嶼、詩學光芒，深深
吸引了迷途的我！曾漂流人世汪洋，自我放逐生命不在
乎明日，鬱鬱沉浮於無人知曉的自卑裡。

　　直到我意外誤闖「詩學／台灣詩學・吹鼓吹詩論

壇」於經年求知、索求大量的閱讀和習寫裡，讀見浮海
上，各種「投稿者」來自小宇宙個體的聲納、見解，
以結合文創密碼之詩的「詩劇」＋詩義工推手／先驅者
的蘇紹連站長、葉子鳥站長，和歷來版主群「互動的詩
回覆、解析詩心」＝冥冥中照亮了書海裡，或求生、或
求知、或理想初衷的尋夢者、或被詩美學所吸引的目
光……漸進的敞開了一扇扇「闊度、新希望生命」的信
仰之窗，所奉行。

　　然而人，無論是藉由詩互動「讀與寫」自學的鑽
探，或任何藉由對藝文藝術、人文、人性，懷抱殷切探
索的學習者、迷航者，皆會期待自己於艱辛摸索「自覺
的過程」裡不禁已上岸；＿更深盼家鄉每個人都能是未
來的燈塔、善緣燈塔的彼此、台灣與世界燈塔的彼此。
和平、相互映，暖眸中春暉般援手。

《變身燈塔》詩集本書共分四輯，概述如下：
輯一：畫魂與忍術——以「詩寫聲納的自畫像，反芻心
路歷往。將無常哀榮聚散轉換為向上能量、靈魂的出風
口，邁步現實邊陲實踐夢和希望」為主體。
輯二：詩劇小小說・燈塔——以「收錄葉子鳥女詩人：

評析冰夕詩九首，為顯微鏡，解析詩學脈絡」微悟時間藥帖，於長期自學「讀與寫」求知的互動裡，供為轉圜現實生活中省思的能量、理念，導航出的人生價值觀的新方向。

輯三：至親或砧板・知遇──以「傳統東方原生家庭＿原罪著不為人知的砧板，所造童年陰霾影響至成長中各階段波折，繼而衍生『幼童人格對愛，惶惑的質疑、貧乏安全感、怯縮對人性的信任，潛藏內心既卑微又矛盾渴望愛的高度防禦意識』卻難釐親情乃人類最原始，渴念的夙願！以及，隻身楚境中，知遇世上散發春暉的善心人」為收錄。

輯四：觀象・吾土或異鄉──以「觀察國內外時事現象」建言為收錄。

變身
燈塔

目　次

輯一｜畫魂與忍術

輯二｜詩劇小小說·燈塔

輯三｜至親或砧板・知遇

輯四│觀象·吾土或異鄉

畫魂與忍術

橫陳中年　擠兌票窗前的候車室
每一尾皺紋
都捏疼了　想

冰夕・2016.07.16〈白髮〉

變身燈塔

末了

梅開。＿總晚於疾行中關係人
情急填上皺紋；比詩
還揪擰字跡，難釐天堂的旨
意

「謎底一直在！忐忑卻怕
　失心？失去誰……」以寫意

不問陰晴，不計老花眼有多冒煙？
惹惱小雪持續易容
象徵
潮濕的彼此；宣紙和小羊毫

以包容波瀾似水的日子齊眉
柔順底
恨；直到白髮根生偏執的念

沉默喪禮上直到另一次喪禮
＿＿＿降臨前

望眼，鏡湖中聚散破冰幾世
能逢
一冊莫忘？

欲言，手術房外留白
寸步冰心

2019.06.12

濕天鵝（組詩三首）

1

雨了整天。幾何式建築的傍晚
像異形眼睛
倒映倦鳥池畔

2

和異形相處
並不容易。看一隻隻夢獸，從地球

仰望天空窄窄
疲憊的模樣

孤曠的鉛色，天鵝著細雨、細語
飛白[8]了妳我忘情
於江湖；共飲波瀾、逐夢……

3

自拍式柔情
祇為引頸遠方：「近況還好嗎？」

羅織暖澤相送
酒紅色Cheers
魚雁問候
＿＿低眉著愛。晚禱

2015.05.26

───────────
[8]　飛白。一種書法字體。簡稱「飛白」。筆勢飛舉，筆畫
　　中有空白無墨之處絲絲露白，猶似枯筆寫成。

變身
燈 塔

魚的脆弱或細緻，某年立秋

唇語。讀彼此消失的夢中
嚥下妥協後
只剩一匙自尊，讓矜持服用

雨的視線
聲調
抖著寂寥，比深秋囈語淒冷

焦慮。以無常為枕
順流社會學
詩；不時拉鋸現實　咳飛遺願

執念割傷後。游魚空出水族箱
匆留予暗房一盆

幸運草、滿書架善意和微塵之
光

走出戶籍的女人
背影

2017.08.07立秋

魑魅

在醫院撞見一孤單老人準備反手穿上外套
從老人身後看來非常吃力
於是有股衝動想上前幫老人穿上外套

女人腦海瞬息浮現父親杵著枴杖的背影
一把推開
彷抗議仍是當年強壯的父親

說時遲，那時快……扶住父親的手融成蛆
連帶女人的尖叫聲、臉、內臟
來不及抽身的雙腳
全攤落潔白地磚上……整團蛆。

2010.12.31

冰

光線。繞著日晷走險陰影

驚夢，緊挨抬頭紋；縱身
幾 枚 涼 薄
倒
下
　銅錢聲。相視，遺物的某天

「我們乾淨得，像陌生人。」

遙望童年，命一條從十歲離奇
活到半百
無法革命掉腐味，堆起日子

變身 燈 塔

噩魘迴帶
眼看
吃S心臟的父親 ＿＿鴉雀奔逃

雪。只在每年梅開時，迸出幾行
失聲的
晶瑩

充當，潔白布衣；金箔似月光
輕摟起
詩
　飄 散 人 間，奇 景。

＿諸神猶在畫外；觀棋

2018.12.11

原來

昨夜我抱一個女孩，她昏迷
彷彿失去生息
而滄老我只想將她身上辨識線索
全拋掉

但此路漫長，無處可拋
直到夢醒

才知，女孩是我——

2020.08.27

變身燈塔

薄

是時間，讓靦腆或怯生
越來越潮汐

想問候的嗓音染紅了多年黃昏
猜風帆？開，或不開

像幾縷落髮，游往漂木方向
先妳一步
跨出不知情的薄

2020.08.05

中年兵變

平行是兩杯咖啡。愈發冷顫攪拌／
僵化的輪廓
／幾近＿＿＿斷線又撞傷
跳針，震碎尷尬……失策後的
落葉聲聲

剩偽證，拋接各自風景／善意而仁慈
延續風景裡
無關聚散的陌路

／再無空隙容納
　恨；沒一秒險棋能橫越你、我＿愛
　的感知／

　連自己也塞不回，心臟／

變身_燈塔

謀反了蠟淚
初衷;鐵的事實。與斷弦,驗收老人斑

2015.11.25

神隱

畏光的窗孔
飄來遠方辛辣青草新生氣息
乙醚般　攻佔耽美仰角

剝離蛇皮現場
綻裂石壁上
走索時間水痕；欲墜的身子
滴。答。答

疼感　還未老化……
博物館內展示無數旅人
活著的臟器
刺痛彼此目光

變身燈塔

熟爛的陌生化　從臉書開始　崩壞
結夥蝗蟲速食口水戰
秒殺
每首詩的光合作用

即使是神隱　遁逃肉搜的　鐵項圈
埋身世外
腐味
　　　　仍沒為誰鬆綁過喪服

沉浮日昇　低眉多透明　細瓷的頸

2014.06.09

彈

手誤。未料2019第一首詩封面
就跳蚤了黃昏中，去夏病體的模樣

舊詩集已久遠
仍想不出什麼方向能立春

年邁撐起顛簸
見獨木舟拉開汪洋，一紙白卷

槳，也駕鶴（歸山野去

所謂意外。不過是靈犀
有時放電

變身塔
燈

偶時，走火夕照中相認
一尾流星

煞不住箭矢。獨奏鬼火

2019.01.05

戀人

喜歡你帶著敲擊樂來
帶我爬上三層樓高的樹屋
走入你童年
用驕傲口吻
說：日出因我們而揚升夢

喜歡轉身就碰到幸福鼻尖
抱住淘氣笑聲

——忽有聲音說：氣泡——

醉了。

變身_燈塔

於是，所有明天
跟著結巴再無法說出
誰是我

那不斷飄出閣樓
失火的情詩

2007.08.19七夕

漸漸石化

日記刻意散漫，邊走、邊扔
來時路

恍以為，值得為每一天素描
其實只是：有去無回的清單

遲悟；也一個人喫著

孤獨太辣！吞沒了眼眶

2020.03.25

蠢蠢

一小罈。幽魂那麼透亮
揮舞螢光棒的童顏；仰望流星

委身幾世安娜的靈魂
黑蛾已織滿天空

撲往沉香、夜帷供桌前
蠟炬般縱容虛妄走火

那朵神秘的字——忘我
不停熔化

鏡中；看黑馬車劫走星願
蛛網信物
不識人、不識山寺裡梵音

廝磨假寐裡，爬出兩尾
無限好的蠢蠢

只是近黃昏。巫術般楔子
瘦比芒草

2020.04.13

時間仍薄情微笑著
（組詩三首）

1

懂，或不懂未知絕非關鍵
而「做」＿縱使徒勞向晚
亦值骨灰

譬如：斷開。以為會死去
但「光」又開
一道裂痕？或
窗？　時間仍薄情微笑著

電擊欲生 or 始終腳鐐

2

抉擇是匕首，總刺往Heart
嗜愛黑！僅僅遮住哀傷罷了

3

參悟絕地之僧。雪
掩不住鏽弦、楚歌

2020.04.30

離魂曲

常消失現場的人
只剩形體。遙望天燈星火芳蹤
忘記慶功宴錄影中

那把火，莫名揚起一曲絃樂
低音紅河之上！拉鋸似白綾
乏力；
迴帶的巴哈＿＿九轉奈何橋畔

卻流暢寫出單數歷來
每次都翻船
汪洋；淹沒眼裡珍貴紅豆

靜看孤獨溺亡，惡水流盡
重生在即

2020.07.19

白髮

風吹開　夾有綠葉的詩集
驚見右手
一綹　虛妄的纏繞

訝然　有四分之三　鵝絨白曲線
觸感仍柔順

彈指　青春箭光卻溜得倉促、安靜？

剩下　四分之一　是巧手粉飾過的
波折
像時間偷笑　妳無悔追逐
風箏的眼神
不善包裝　落寞　串起日子

禮物　是來來回回被水浸漬過的
心形容器

橫陳中年　擠兌票窗前的候車室
每一尾皺紋
都捏疼了　想

2016.07.16

香皂

泡泡著毛細孔。像銀狐輕巧
縱身飛沫日常　　——帶走黑

樂趣是搓揉，輕拍歲月臉頰
而流水
　　——滌淨彼此猜測——

只留迷香。撫觸鬢白抬頭紋
醒腦思無邪
　　　　召喚動詞造夢；為愛

變小
變法亮潔身心
再無憾當下消逝，誰先走

2020.04.17

舞墨

光譜著希臘藍眼神
寫真書屋
滑出繆思狐步，辭謝浮世喧囂

行進你奧義星圖
探索我部首，澄澈的水晶體；有光圈
協奏出
種籽互換成人禮。有時是人質
被「　」擄獲
多像美女與野獸

互看。夢鏡中托腮神似
倔強輪廓
迴旋月光窗外，隱約揚升問號

悸動，日夜唱盤著夏夜香氣
泛漾愛琴海
調音知性
一絲絲魚釣；季節的左心室

2017.07.01

變身燈塔

刺

撐住一瓣瓣，睜眼
扭曲肌理的僥倖

翻譯破碎。末途是黑雨視線
鑿磨詩骨
發作的舊疾，仍微調希望串起

穿針火線的七弦
欲冰鎮劇疼、遏阻矜持爆衝

多想忍住一把火！燒淨
願望哭出遺憾的景深燒
淨

蝕刻生命的象徵。闔眼愛

2020.08.17

小雪・問候是冷

刻是你。雪是薄衫香
蜿蜒向晚窗景
服貼著寒風輕叩；吹醒往事

墨是心。壯美已樓空搖盪蛛絲
問候是冷
落款老花眼

唯見，暗房內合照
依然笑春光；鼠影如沉香追出門外
一溜煙。喵叫
吞沒
獵物死寂 ＿＿＿

變身_燈塔

低首袈裟幾世紀蕭索？輪迴苦經
身後

聲聲慢

2018.11.22農曆小雪

詩劇小小說 · 燈塔

以「收錄葉子鳥女詩人：評析冰夕詩九首，為顯微鏡，解析詩學脈絡」
微悟時間藥帖
於長期自學「讀與寫」求知的互動裡
供為轉圜現實生活中，省思的能量、理念，導航人生價值觀的新方向

冰夕 · 2020.09.05

小說家的女人學油畫
（組詩五首）

1

在雪上。以枯枝立影魚尾紋
燃燒光陰
不安童眸的烈焰

閃電，從午夜方向夾擊
黑白對比；愛恨破冰前

尚未乾透的色調，裂隙般謎底
指認
雨中臉龐？

2

虹。只一瞬，光
擦身願望
淌墨她祈禱過的指縫

展翅黑雨；揮別家鄉的
睡袍
敞　開　流　　亡

3

針筆。呈現乾涸鋸齒狀的
孤挺花
川流巴哈頑強低音
撫琴避世景深

變身_燈塔

拔高歐姬芙傳奇[9]、演繹孟克[10]除了
驚懼
掘空眼珠。獨留詠歎

4

松香水。挽不回金羽
早夭構圖裡
女孩沿母親遺體吸滿病房
橫溢絕望；早熟的藥水味

9　佐治亞・歐姬芙（Georgia Totto O'Keeffe）美國女性藝術
　　畫家。以半抽象半寫實手法聞名，多為花朵微觀、岩
　　石肌理變化，海螺、動物骨頭、荒涼的美國內陸景觀為
　　主。常充滿同色調細微變化，組成具韻律感的構圖。

10　愛德華・孟克（Edvard Munch）挪威表現主義畫家。對
　　心理苦悶有強烈呼喚式處理手法，多以生命、死亡、戀
　　愛、恐怖和寂寞為題材，用對比強烈的線條、簡潔的誇
　　張造型，抒發自身情緒，而吶喊The Scream（The Cry）
　　為孟克最著名代表畫作。

交響死神譴笑
淚光只能
獨自搶救純白茉莉拼圖

5

童謠。滾落夜半雪崩中驚夢
直擊身世吶喊
沿脊骨筆直凍裂全家福相框
輕易折碎肋骨、夙願

而底片恰恰記載稚齡瓷頸上
失語的勒痕
比刮刀，還無助夢外。哀歌

劃破回首＿＿生父和他女人親手
埋下後院

變身塔

一株天真的
小小說
從此淋漓鬼畫她，連載浮世錄

2016.01.18初稿・2020.08.24新修

評析／葉子鳥　2016.02.01

　　詩分五段，每一段都有顯明的景象，其中：
1.童眸4.女孩5.童謠，三段皆有童年的意象。這是
詩人揮之不去的詭夢，被現實所深耕於內的軌徑，
讓童年不斷再現於驚殖中。
　　2.流亡3.孤挺花，這是該段的詩眼，虹光的乍
現淌成墨黑雨翅揮振頑強，藉畫與音樂穿透構圖，
天真還在，淋漓鬼畫，浮詩路。
　　繁複中有張力。

質變

銳氣是玫瑰初綻。冷眼略過蛛網
漫恣墓園中橫生錯覺

難釐社會學高低不一的門檻
都得低首青澀花瓣成為
記憶中；擺飾

幸運些，似盛開七日情的靜物畫
從會議室帶回家
不停勾勒愛戀靈感＿若能持久些
相知、惜舊之類情懷

與時間賽跑？或能修煉出脫水後
玄關前，等門的乾燥花

變身燈塔

另一種命途是被工廠製成
上百朵新面貌的壓花書籤之一
脫胎換骨似運往書局

以為已轉運。被書生青睞著淡靜
夾藏隨身行事例中廝守
每逢歲末即為自己更換一件新袍
日日規劃未來

直到主人某天親手把書籤
夾進《百年孤寂》新書裡
一併轉贈
輕熟女求知崇拜的羔羊眼神

才讀懂。另一朵，複製品

2020.06.22

評析／葉子鳥　2020.06.25

　　詩中所書寫的那種複製，不是屬於後現代的，是起伏中的平淡與起伏中的跌宕，在過程中的境遇，因著《百年孤寂》的象徵性，在扉頁裡複製的書籤，好像被讀懂了。

　　一朵玫瑰的命運之途。

　　這是否是一種質變呢？就生命歷程而言，外象的變，一方面是自然現象，一方面是人為的結果。如果抓回自己內在的本質，深入靈性的根本，那個核心的「道」，是生存的終極吧！

變身燈塔

囍宴上的讀心術
（組詩三首）

1

> 怕撞見失神、語塞的
> 另個自己
> 失火的窘態沿迴廊　暴衝門外
>
> 不只三次了。她聽見雨神召喚
> 喪禮眼神
> 游出囍宴上
> 落寞　魚釣著窗外中秋

2

> 怕鐵籠裡身世羽毛竄飛
> 嗓音深秋

被世態看穿　單薄的禮儀風姿
不過是優雅刺蝟

炸開話題的＿＿＿無情物？
（目光不禁懸起問號
　難道善意藉口？比悲劇箴言，還難吞嚥？）

尷尬。令在坐白髮智者、隱士們
相看莞爾釐不清，比鬼還難纏的
絕緣體

3

怕寒暄。比鐵算盤還精準的意外
直取人傷心事……。

變身_燈塔

怕戶口調查

指認真相

＿＿＿終究是幽靈人口

一灘菩薩

肢解，眾生前

2016.04.20

評析／葉子鳥　　2020.04.25

　　我把此詩讀成「去參加一場喜宴，不得已與鄰
座諸親朋寒暄，可能有人詢問何時喝你的喜酒之類
的心情」，詩的語言轉折斷切，誰也模仿不來的。

　　余怒有反音樂性之說「在寫作中，去除『音樂性』是一件有意義的事情。強行斷句和任意分行可以達到一定的效果，氣息綿延的連句也能達到同樣的效果。」、「音樂性實際上成了新詩『濫調』興起和沿襲的一個源頭，也是導致新詩庸俗化的最直接、最重要的一個因素。在新詩的發展史中，對音樂性的追求是使民歌體、朗誦體在大部分時間裡佔據詩歌的主流位置的原因之一。」

　　這是值得在新詩創作時的參考。

戒尺[11]

意外掉落吵雜聲。詩人常拿來
度量風骨和贗品之間差異
不時捍衛我諫言
似鐵齒，不與瘋狗互咬而逢遭磨損

靜電。來自深夜摩娑的掌溫
導正航向指標；旋轉時間的雙人舞裡
引領我孤寒寸步
____涉獵書籍中真義，取暖薪火

嚐苦膽！隨慈悲沉香，沿經千佛旁
回顧哀榮、牽手冷暖

11　戒尺。一、舊日塾師懲責學生所用的鎮尺。也稱為「戒
　　方」。二、戒壇上和尚說戒時法器，為兩塊小木，一俯
　　一仰、可相擊使鳴。

有落髮
眉批，開落憂歡，字跡薄紙上盈缺

結合百樣米、千種曲折刻度和感恩
躺臥創作砧板上

藍墨即歲月唇色
紅妝是靈感身段
____擁抱一個人的孤旅，從師者身後
　　　互換眾生楚境

重疊苦僧
有夜蛾
燃放燐光；鋪路心旅。承載重點
互換眾生楚境

重疊苦僧
有夜蛾
燃放燐光；鋪路心旅。承載重點

2016.05.01

評析／葉子鳥　2016.05.02

　　「戒尺」有提醒之意，詩寫的是在創作上的感悟。「文本」總是充滿歧義，而有「作者已死」之說，但其實又脫離不了作者，尤其現在的出版品或社群媒體，「本尊」的照片似是有一種宣傳效果。那些歧義如果涉及作者，就會造成網路上的正反意見膨脹。

　　這些借鏡返回自身的創作路途。「躺臥創作砧板上」、「互換眾生楚境」此二詩句有我與他者的凝視角度，創作離不開自我，也不能不關注我之於他，他之於我的互換視角，這樣才能長遠。小說家舞鶴曾說（大意）：自己的故事總有說完的一天，所以作家要田野去。

　　當然藉由更廣泛的閱讀是必要的。

　　詩呈現了古典的語詞，卻又描摹現在的境況，猶如聽了一首老歌電音之感。

變身燈塔

等

藏畫人，嚐不盡辛酸　——冰夕

把清苦摺進書包。空便當塞滿黏人的鬼針草
在無人的操場
打開陽光！吃羨慕的目光

看老師牽手她的小公主路過；童話
我的夢幻午餐
比風箏還薄　擱淺山後的鐵皮屋

把遺照放進書包。半工半讀
手腳要勤奮
刮除自卑鬍髭，阿嬤常交代出門前＿＿＿

沒說，怎樣才能守護住團圓的
阿嬤。

僅存；中年走索鷹架的我
焊接生計裡意志
畫出每一張慈藹日照的地圖，都無法
取代

返家的路　飛散冥紙

2020.03.23‧2020.03.31新修訂

評析／葉子鳥　2020.04.01

　　在全球化資本主義的社會，窮人想翻身愈來愈
難。之前在「彰少輔」實習，發現大部分的少女都
是因為家境問題，所以誤入歧途。

　　我曾寫下心得「這些少女的父母，其實也是當

今全球化下 M 型社會結構下的犧牲者，導致努力工作也無法階級流動，在普遍的追捧成功、富裕、拜金、消費……的社會氛圍中，他們大部分都被邊緣化，以致造成孩子複製了他們父母的人生，但又不願淪於貧窮的恥辱標籤，所以從事了可以立即獲取財富的工作。Bourdieu 認為新自由主義意識形態，在全球化脈絡的發展中，隱藏著適者生存的新社會演化論（新達爾文主義），她們其實也在夾縫中求生存，只是我們的社區、學校、社會等系統，都只以社會排除系統來規訓她們，卻沒有為其建構社會資本，使他們有能力開拓自己另一種生活方式，然後融入社會之中」。

此詩某種程度也展現了，階級問題及家庭問題，窮困或父母離異／死亡／逃逸的隔代教養，因此也只能努力餬口。至於甚麼才是返家之路？有時

會像是一種魔咒，就是重複父母的道路。

　阿嬤的堅持，是最後的餘燼……

　除了社會的殘酷，還要有自己的覺察……

比空缽更靜默的端詳

是什麼派。端上了陰鬱──我想
空缽聽懂風聲

彷彿空氣都上鎖
怕私語易碎
滯留渾噩中解碼天意，僅能祈禱

為靠港的船，剔除不祥徵兆
哪怕命運體
萬國旗海；已降半旗

漂流肺腑的等待
是誰的親人？以赤裸抵禦菌體
濕透全球實況影像

雨說：把驚恐神情都藏起來吧

陽光！笑得多透明
而淒冷
似隔離艙外，斷線風箏的 臉 ──

2020.02.17

評析／葉子鳥　2020.02.18

　　此波疫情的波瀾，其實無論身在何處的人們，
我們都是共乘在一條船上，但真正深陷在疫情區域
空間的人們，更是首當其衝。
　　所以我們共同的立場是一致對受難的人，一律
給予優先的照顧，因之所謂「派」，是乃派別立

場，不該有分別心。

　　而「缽」也有祈禱之意，唯有空缽聽懂生命無常，更要我們放空，以大自然為依歸，尊敬萬生萬物，不以萬物之靈自居，懷抱對天的敬意，不過度開發侵略了森林裡原本安居的生物／包括原住民。

　　這條船，是人性集合體的隱喻；事實上，我們自己隔絕了上帝，讓各種心底的晦暗／慾望／私心……，不斷的產生有形無形的病毒，以致感受不到真正的陽光。

墓園

隨俗塵，掘出歲月越來
越大的窟窿
迴盪暮年
蒼老的沙沙聲欲磨合頑石
精工於，一幅壁畫的著墨
琢磨社會學
考古；假牙的真偽

腐蝕。從上游汩流重金屬
豢養無邊無知的
底層
而螻蟻們仍庸碌搬動無常

許多贋品被造神論
誇飾為一個個救世主的到
來

從西方到東方
雪崩般
撞針，鑿向良幣心房

2019.12.01

評析／葉子鳥　2019.12.02

　　詩題「墓園」的象徵性趨向古典，如果是「雪崩樂園」呢？或許可以造成反諷性。

　　人類都覺得他在創造一個未來性，有他的民粹理想主義，所謂卡里斯馬（Charisma）的形成，反而是底層的人所支持，這是當代利用選票的民主自由的危機與弊病。

　　緬甸流傳著這麼一個傳說：

　　有一條惡龍，它要求村莊每年獻祭一個處女，否則就去搗毀村莊，殺死他們。隨著村莊處女的一個個減少，人們不得不想辦法解決掉這隻惡龍。為此，這個村莊每年都會有一個少年英雄去需找惡龍，與其搏鬥，但一直無人生還。

　　又一個英雄出發時，有人悄悄尾隨。只見龍穴閃閃生光，鋪滿了金銀財寶。經過一番搏鬥，英雄用劍刺死惡龍，然後坐在屍身上，看著閃爍的寶石，慢慢地長出鱗片、尾巴和觸角，最終變成惡龍。[12]

---

[12]　原文網址：https://kknews.cc/story/5e5m8m6.html

　　這就是當今的政治現象，它不是墓園，是大家競相搖旗吶喊，以為站在正義一方的「狂歡樂園」。

　　詩，指陳了一些當代性。

生鏽

像門栓。固守日夜
從最不經意開始，蒙塵變化
走不出去
也進不了房內

麻痺長年的景深，撲空老話題
幾乎是敷衍
才能免去衝撞冷空氣的尷尬

但真沒壞掉；你，或我滲水的
心事

最怕時間，拴不住子夜鐵鏽味
隨緘默垂老氣息

瀰漫孤燈下
不停腐蝕舊思想，與現實辯證

為何無法擁有一扇完整的家門

總奢想自己是打鐵師
打磨願望發亮，而非誤鑄淡漠
徒勞日常信念

並非不愛
只是日子持續傾斜

2019.02.09

評析／葉子鳥　　2020.02.10

　　「為何無法擁有一扇完整的家門」，應該是此詩的主軸。作為門栓的守護，卻成為「走出不去，也進不了『房』內」。此「房」乃指彼此的心房。

　　可以想像是愛情關係，或親情關係。

　　親密的人在一個屋簷下處久了，總有一些過不去的沉疴積累，到底是我們的生活壞掉了？還是我們自己壞掉了？這滲水的心事，由何而來？

　　如果希望打磨願望發亮，彼此不再淡漠，擁有信念不再徒勞。有時，的確從個人的角度，真是令人疲憊啊！不生鏽也難啊！日子的持續傾斜，如果從社會結構面而言，就是「生存與生活」的日漸不易，所以導致人性的扭曲，每個人都有現實的壓力。以前是努力就有收穫，現在是努力不一定有收

變身燈塔

穫，不努力一定沒收穫，生活充滿不確定性。

　　如果固守以前的觀念，無法與時俱進，「愛」反而很沉重。

　　「家是人類歷史發展下的特定產物」，生鏽的是當今社會制度沒有一套完整的支撐系統，而讓每個人都如此孤立的面對。

　　這是讀此詩的一些感想。

走鐘

從年初到年尾，難分
健忘或老花
捉握啥？都似雙胞，殘燭已半截＿

人們習慣將願望
伏寫春光紙
哪知風箏走心，薄比雪地呵氣短

轉圜在深秋？收成
無關悲壯流水
義士仍在野（而燈綵依舊懸節慶

熱浪霍霍眼尖上，滴答透風寒
掏空不意外

變身_燈塔

只轉身
____ 騷動了一生錦瑟[13]。耳窩癢

2018.10.06

評析／葉子鳥　2018.10.09

　　台語的「走鐘」，其實是「走精」，有逸出、
偏離、走樣、失誤、失真……之意。

　　現都音意混淆。所以有些台語文，並沒有忠於

――――――――――――

[13]　〈錦瑟〉為唐代李商隱詩詞：
　　錦瑟無端五十弦，一弦一柱思華年。
　　莊生曉夢迷蝴蝶，望帝春心託杜鵑。
　　滄海月明珠有淚，藍田日暖玉生煙。
　　此情可待成追憶？只是當時已惘然。

原意，會令人不得其解，甚至誤導。但是有些似乎已約定俗成的「誤用」，積非成是。如果普遍都了解，是否需要改變呢？這恐怕需要一番辯證，但個人覺得「台語文字化」必得在漢文的體系裡，如果另外再造誤用或羅馬拼音，就會成為另一種文字系統。

　　就詩而言，是年紀、願望以及時事的「走精」。

　　錦瑟是甚麼？好多說法。既已引李商隱之詩詞，就是與其對照。

　　到底誰被掏空也耳朵癢？平凡之我輩吧！

　　義士仍在野，不如說是「在野的都是義士」吧！不再野，就很難再是義士。

　　是啊。這鐘還是鐘嗎？

　　都不精準了。也沒個精準的準。

變身燈塔

至親或砧板・知遇

幾枚涼薄
倒
下

相視，遺物的某天

「我們乾淨得，像陌生人。」

冰夕・2018.12.11〈冰〉

變身燈塔

泡菜

辣椒紅。是九歲印象眼中的
畫
得努力回想；光圈才
釋放母親手作的味道
散發晨光中清甜兒時嗅覺

總是背影和癌。側寫春暉
寫實薑片摩娑暖流
沉落
朦朧素描；花椒提味舌尖震央
滾落「養水[14]」

---

[14] 養水：亦即製作泡菜前的母水；反覆泡製多年的老滷
水，基因著味蕾的秘訣。

孕育生命的羊水，鹽是歲月
啟航記憶肺腑

小碟，為何下雨？思親輪廓
汪洋似
浮起，一葉包心菜
皺捲的模樣
多像母女！被愛醃漬著

喚名；四川泡菜。

2019.12.13

可能沒遺照

在西方，遺物可拍賣
沒人會非議「離異」
床單上的藥味，被愛過。已消毒

黃昏似金絲楠木桌、筆筒，堆積
漂泊病故前
被孤獨留下長年的鑿痕
像一盤殘局，寧願隱居角落

紙糊的夢想，常撞見燈罩下
穿衣鏡中
光陰，尾隨志氣逐漸老去的猜謎

垂暮的CD倚著古典樂、素描簿
沉靜底

像乖女孩們，等星光
前來認領優雅的低吟，撫慰日子

書籍。多半被庸碌，捺下典當指紋
眉批過霞光
亦諳熟，人世所遇無常的哀榮轉折
孤僻地
與節制共處

（——把詩，當遺言寫。或比澆花，長壽、實在些——）

那廢墟家門口擱有一堆醒目的
空白相框
沒標價。只貼上

捐贈：有「心」者。請自取！

2016.06.21初稿 · 2018.12.01新修

夕雨中

走三，退二。黑卒
飄盪傘下
為救贖靈魂？而重蹈　格格
淤泥中
濺飛傷痕視線，陰沉似鹹魚

夢外；吊懸首級，卻無法哀求雪
洗滌日記

甚至不想留下病房的洗手台裡
幾綹已離身打轉的
銀髮

離去時；女人一併沖走卑微和
污水

而孤王，軟癱病魔懷中再無法
強硬

抓傷時間任一秒

2018.11.17

家暴陰霾・聽雨說

曾因邀稿，而初見的詩人姊姊她當晚曾
數度勸我：「也許妳該想辦法，嘗試著去看心理醫生
要讓生命有出口，而非長年抑鬱⋯⋯終老⋯⋯」

然而於此一年多前，我「邀稿」過十多位
名家或資深前輩的詩人們，皆能用簡訊或寫信往返
順利的完成義工職責。

卻唯獨，從彼此簡訊裡
都希望能見到對方，面談邀稿的細節。
雖然只閱讀過她的幾首詩，且毫無異象顯示
我竟會遇見____　另一朵忍冬花的童年

僅僅在，初晤時，相談甚歡
意外的____深談起彼此身世，異口同聲地

顫慄眼瞳中驚懼
摀著淚說，害怕「老家⋯⋯」

而「初次」象徵了什麼？　＿＿同時失去？親信的
　　家人？
同時成為黑雨
無聲折枝的忍冬一年又一年？

倆女人，各自＿＿從小無助
卻因深藏符碼，既脆弱又刺青
閃熾無形歲月中的SOS
誤闖一首首
雨中詩。不時灼熱「無聲勝有聲的」震央

唯詩祂

透徹秘辛；遇見靈魂渴望親情

2018.09.16

藏不住神離

有時。心，無法跟本意走

「都會⋯⋯過去的
日子常騙自己這麼說」

譬如：廟裡祈禱。明知
願望無歸期

仍習慣回頭
拿著香。又跪了好多年

2018.10.22

誰的慢速風景

視線隨落葉飄忽。霧中眸光
摟住幾縷真實
降落前，多像童年踢毽子沒停過
落寞天色

習於等待；每逢岔路仍心慌
從白髮裡苦尋新出口
穿戴哀榮
靜坐的布條，赤裸著忐忑的抗議

交錯聖樂中看學童稚笑穿越希望的小斑馬
揚飛國旗似緩升志節
鼓動心電圖
景深；是祈願的手，朗讀幼苗香氣

時序堆高蛛網，攀爬城邦已倒數101
落葉也釋出善意
拍肩

捕夢人，被眾聲擠往：3、2、1

0？＿是邁向革新之愛
抑或迎風，鬱卒的開始？

2017.05.27初稿．2020.08.11新修

有陶藝家，向我訂製一首詩

握一只陶燒
仕女圖於手心的彼方
旋握那
腰
　線
窯燒的溫度，有兩面

右轉是紅妝我
左旋是青山瀑泉的
你

共邀星圖、腹語術
從暖茶開始
回溫鐵觀音水紋

變身燈塔

綻放
酩酊毛細孔

入喉。節序的風骨，和銀髮
驚灩了
杯中倒影。確實只有兩個陶燒杯
恍以為有三個或更多
禮讚
來自台灣
每一面相都太美

季節她
忍不住細賞。鎏光，家鄉土

2016.01.06即筆

後記

〈陶藝家，向我訂製一首詩〉的由來。

有位，未曾謀面的陶藝家蔡先生，用臉書訊息告知，說：「用陶燒杯，訂製一首詩」，並希望「台灣出品的陶燒杯，能有專屬自己的詩。」

於焉，冰夕允諾了。且在今日中午收到相當驚艷的「陶燒杯兩只」。

誠謝！蔡榮宗，陶藝家。經營有《明芽陶居》陶藝工作室，有教學、民宿住宿，和創作：陶藝、鐵器、木製家具、油畫等。

粽情、重情

碰壁。端午連假
幾處麵店都出遊了全家福攜手甜笑

一顆粽子，叫喊門外！是拾荒阿婆
送來暖流善意的人性景觀

對聚少
離多的人來說
見粽必思親，心更慌亂了空洞神色

像毛毛雨
油繩，抽出腦顱內身世，還熱呼呼

回憶，卻蒸熟了半生緣
百味歷劫：煎、炒、煮
炸的過程！鼓譟著

被咀嚼為大寂靜的陌生
節慶裡
　　　　低頭吃自己⋯⋯

2018.06.17

變身燈塔

卓別林式勉勵

偶時遙隔月亮般默片
瞧妳苦悶時

敬語其實很老派
挽起高帽
立馬爆米花簡訊逗笑，囧

為親近女兒河，不惜盜火
暮年乾柴
Hold住潑水節！嘻哈春暉

2020.05.06

純粹幾行

欲抱妳嬰孩似臉蛋。才想起
白髮和黑髮已分兩截

秋分未及挽回，重新拍攝母愛
雨沿醫院落地窗
伴靜脈點滴。娓訴懺悔

霉味，波瀾著節慶像
過時老旗袍
穿不下臃腫記憶。放映手術台上

刀叉著，上帝和詩
汨汨眼尾淚光；與慈悲拔河

變身燈塔

　　勿忘！＿莫拾起喪禮中落花
　　要讓雨聲挽眾神
　　握筆妳茉莉似新日，旋放歲月掌心

　　2018.11.28初稿・2020.08.23新修

未寄吾弟箋

親情一站，只兩分鐘。關節喀響了遲疑
捷運旁空地，抬眼月亮盈缺
竟有股莫名衝動

不禁，手撫野生粗厲樹皮反覆磨搓思親
琢磨著

＿撫至幼滑葉尖處
相生突兀，濕亮年輪剖面上
滿佈青苔
摁是，滑出了幾圈痴笑

陡然大街邊，彌漫認生，已老旦

變身燈塔

　　＿傻傻微悟孤僻；寧讓救護車撞見
　比弟弟，更瞭然暮年門內傾瀉狼藉

　　義工抬走孤身，有時一年
　見兩回。

　　＿唯除夕時，姊弟聚首
　漂泊已積塵家書一疊。互道新歲好

　2020.05.17

歲痕眼中的石頭記

1

從為你包尿布。小女孩的眼
總盼能安撫
嬰兒床內哭聲，逗笑你握穩親情

2

逢寒暑假打工溫順的女學生
某天忽被老闆娘攤開掌心
算命；落葉似口吻
迂迴眼中寂
寥
忘神著，世界之大＿＿＿

：「少小離家……手足緣又薄欸」

變身燈塔

3

游往鏡中嶙峋歲月的魚骨梳
終究藏不住白髮。長出真相
欲走出
童年陰霾時
仍癡望，你跨步石頭上！只求義理相待

4

但亂世惡水臨門家譜時。你終於不哭了
背對姊
訕訕躲亂石身後

2019.04.01愚人節

滄桑姊的。無聲課

是句點。安息！傳來手機
從弟泣聲中
淒冷如年幼無助叫喚：姊……
「別走」

人呆怔捷運上。任記憶跌撞
淌淚的警笛擁擠著一幕幕　聽不見下
站
　疾駛輾過女娃驚懼的臉孔＿又過站

滄桑姊，搖晃於顛簸無涯的
磨軌
　　（是否？真靜止了煞車

瘦小背影，滿載人類對親情
最原始的渴望＿

蹲，街邊上
和落葉一起　凝望星星直掉淚

（媽會在銀河，等您牽手）

2019.03.01寄語‧無處投遞的家書

裸（組詩兩首）

Ｉ　裸

力挽喪服
下沉
約制樹欲靜的風尖上

心；逃不出
稚齡內傷質問千瘡……

明知冤雪
再無晴日可詢

能否
請蒼天也帶走＿＿＿
一身空洞？

變身_燈塔

II 或需一把傘

讓失語。躲傘下
打字「詩」或能開鎖
轉移
傘外滂沱／／／悲歌

可是，我在河流外
看見
童年和銀髮，都走漂了……

2019.02.26

沿五十朵窗花禱告

一朵有365瓣，變幻窗景的浮世
直到半葉世紀
遺書，才恍然被「詩」解繫真相的
劇場。

八百萬首悲歌，進駐九歲心靈
冷和無知，被撒旦銬住腳鐐卻奮身
習舞

舞蹈教室鏡前。看老師跟父親拔河
早熟童年已不忍指認
一幕幕上演牧羊人和暴怒的巨獸
「誰是我親人？」

母親太早成為天堂守護神；僅能聆聽
獨生女
飽嚐險象的後來……

故事。像吊橋搖晃冰雪
走來
每年329碧潭空軍公祭時
獨見，母親碑前拂去
宿命種種……塵埃
羽化後

白玫瑰，不禁低眉
拈香為禱
　　　　（勿忘！像牧羊者恩澤眾生

2017.02.22生日前夕

知遇

因為陌生。所以美麗像一場霧
揭幕銀髮人看窗外，公路電影

偏愛下雨和
陰天；恰恰美感了迷惘的亂髮

毫不掩飾哀沉，忽淹水的眼神
對流風暴後
罪與罰的起站

因為明白。不會一起走向終點
時間無負擔

問候。像一張白紙，飛走了微笑
或點頭，曾共識哀榮

變身燈塔

無論苦水是失業、失婚、失魂
惋惜社會失序亂象；此博愛座
一概暫時收容

身旁坐著連朋友也不是的
意外善緣
結識，苦笑的上帝。因為陌生

歲痕，柔焦了防衛；近距離的
皺紋忒顯慈悲
刨光人性雜質的經驗談、受惠

霧散開。攤展晴空
從零開始認知
陌生讀者，和我莞爾共乘涉世

2020.06.25 16:27端午詩人節

另一種語言（組詩三首）

1

像馴獸師注視，虎口前
羅織山雨為溫柔手
輕撫野性，曲膝；探嗅密語
互舔親暱創傷

2

是天堂母親搖籃銀河夜曲聲
粼粼守護人性
手挽著，日常險象中浮萍
步出曲折；交響愛

變身_燈塔

3

文字。微察出難圓夢的病歷
聽診深河底層
尋覓驚懼羔羊，滌出流水斑斑
墨跡

淡出苦澀羊毫。回甘真善特寫

2019.03.24

觀象·吾土或異鄉

難洗白各膚色小鞋，為孩童們
圓謊

成人世界裡的亂象

冰夕·2019.07.08〈野火當代〉

啖春光

勾芡二十年老樣
不時貧嘴意象的傻勁兒
始終春藥著
紀念簿裡，顯影

游出自由式的
黑珍珠
奶茶著四海，從杜拜到東京
人手一杯台灣味

打卡IG
只圖半糖異鄉路上
舌尖的甜度

揉搓。聖餅似融化滿腹
Q彈果凍夢想

愛。逗。笑。月。光。
老家的香味

2019.03.11

變身燈塔

國徽落寞的投影

「筆，已混血。有燒臘味 —— 人們咀嚼輪廓的
　肺腑，有說不出的沉香煙嬝禱語」

飄揚前！只有一種出口，服從。
升旗前！用苦澀藥敷穿孔的眼。

望斷一根根染紅街道的蠟燭
還沒燃盡此生
就集體遊魂長成了古早味

夢非常純樸。養大
沒鞋的孩子們
炊煙著苦牛，合力耕種願望；造福
鄉里軍民問暖希望

後來夢，漸漸失去微笑
時事不能說
真相不敢寫的木頭人！越來越多
天知道

官印，遙距著市井陋巷中
有無數老少
偷穿起國旗禦寒＿＿

彷彿中美斷交那整晚
瞧見母親低首的
背影
喀噠噠腳踏縫衣機，繡出國徽

（父母從沒提愛國的內心話）

變身 燈 塔

父親卻在守夜青少棒比賽
看國旗，繞場異國致謝！奪冠時
偷拭淚

2019.10.09國慶前夕

野火當代

橡膠子彈，紛紛流竄遊行中
撲倒
一排排胸膛
摸不著明日能否
再為愛，堆高圍城上的驚喜

像小松鼠，逢遇友善目光
沿公園路的蛇籠奔往
拒馬
抑或斷句？穿越一次次逃生歷險記

言語
被黃色警戒線捆成擁塞街景
而無數爬行的

希望眼神，恰恰躲消防栓身後
藏不住絕望

彷彿此生最壯烈的國旗
弱勢骨肉
都燃燒火場中！睜眼無法⋯⋯共生

難洗白各膚色小鞋，為孩童們
圓謊
成人世界裡的亂象

直逼日常噴墨頭條

2019.07.08

深冬老兵

時間在拔絲如藕的蛛網上
攫住背影，似黑蛾撲翅逆光中
拖往陰冷處。逼近

忠誠鑿出皺紋卻無法剖出心臟
示意哀傷的淵谷有多深

秒針！滴答墜如箭雨
扎進老花眼
呼吸比清明時節單薄（無墳可談心
身馱寒酸
比喪服，更凌厲搖撼悲歌的旗桿

老日子，舉起左手
未敬禮的臉

變身　塔
　　燈

擠出黎明，一尾亮潔牙膏似軟蟲
對照；
迴異的生態圖。不停刷洗

2017.10.24

島嶼肌膚

充斥不耐蟲蛀的筆劃
滴答貧窮雨聲　弓琴野火眸中

空白的月份
養活蛆　是一枚殘月彎
套住中指

湧出黑水　蜿蜒彼此最初
衣袖裡的衝動
刷亮毒牙和自由式傳單倒數
狂花　從無須抵禦衰老襲身

刺心術　已射穿長恨歌
腹語；從放血　開　始

變^身_燈塔

識字

認路寡歡　＿填 滿 假 牙

多像一朵乾笑

演繹蛇

　　　吻的抬頭紋　跨年

2015.12.28

斑駁是一種無常，空碗亦美

輸誠後，不能只朝日出思考嗎？
鐘擺不停搖頭撞擊落寞
辨識雨
卻無法求證；__無常透支腦波
絞疼漫天未知（小雪

明知蠟黃。進軍鋸齒狀暮年
心電圖指向
快慢，都忐忑（清明
握蒼白筆直寫，念你時（芒種
關節閃神舊疾、錯位時（霜降

誤判天晴迎面陽光
披灑出門前的穿衣鏡中（立春

回看晾衣架，鞦韆著裙擺飛揚
似見願望回暖跡象
被呵護著……（小滿

視線，從凌亂藥罐到染髮劑（大寒
明知皺紋難掩
追兵是真相脈絡，橫陳蕭瑟（秋分
淅瀝狀聲詞叩窗；轟雷
不服老的象徵（雨水

空碗著焦慮，雙瞳已焰燭
力挽一萬種花開的
聲音
怒放暴雨中奇崛新象（驚蟄

僅為理性，歸根哀榮
流水也是一種節序。承載消長
雨後波光，揭示空靈；
有容
為旅人，洗塵。自畫像解惑

2019.09.15

惰筆之後

夢中。清澈看見
冰魂彈奏李賀背影的痛覺

睜眼大寒穿上文學的小鞋
活
似繁體字被簡體去勢了　美學根基

詩人常不忍錯讀「幹燥花」和
「乾燥花」怎會同宗？
是什麼害蟲，扭曲了繆斯發音

待字義，回神弱肉強食明辨後
深冬已疲軟
歲月是攤開求職欄的墨漬指紋
壓彎了筆直中年

雨，不再純粹是雨　＿＿＿雪說

2016.12.07農曆大雪

亮祈！紅藍白燈
——致 捍衛地球

聽見嗎？　縱使暗無天日的殮屍袋
一句句無言。沉痛，躺進巴黎恐攻全球報導裡
悶住世人呼吸、膨脹鬼火
各膚色親人擠進醫院、警笛聲現場

卻關不住撒旦的誘惑；按殺戮領薪
洗腦，反社會青年舉槍
利誘，訓練成為炸彈客前的野獸派
結夥狼爪攻城
狂歡蹂躪女童驚恐的慘叫聲

撕裂傷的潔白床單
列出無以挽回的心靈精神失常指數

當道德之矛崩壞，海嘯似
半獸人夜襲
深深刺進，每一處陌生地的家鄉
掐喉良心
＿＿寧為奴役，虎吞了神的眼淚

嫁與眾生
炸疼遍地無辜鮮血字、濺飛危安，告急！

反而更堅定愛國者團結
凝聚一幕幕喪親之苦的世界地標

從黑面紗的地球
擎起，火炬之燈　　＿＿再無分國界頭條！

2015.11.14即筆

變身_燈塔

後記

　　請亮祈「內心世界的地標燈」紅、白、藍，為反恐攻的法國祈福！

　　「巴黎恐攻事件」2015年11月13日星期五，至少127人罹難，為法國近代史上最嚴重，全國進入緊急狀態。

　　（資料參考自風傳媒：http://www.storm.mg/article/73824）

冰夕‧詩論壇經歷

- 2001年1月，開始接觸網路詩，發表刊載。
- 2002年3月，於台灣發起《我們隱匿的馬戲班》會員制／創作群「網路詩社群」約50位成員。
- 2004年11月，經營個人的文創部落格《閱夜‧冰小夕》於台灣／新浪網，迄今。
- 2005年，受邀於中國《詩歌報‧論壇／評論版主》旨在評論詩友們投稿詩論壇之作品。
- 2007年5月，受邀於《台灣詩學‧吹鼓吹詩論壇／中短分行詩區》之版主，旨在推廣詩學，閱讀並感覆評析詩友們投稿詩論壇之作品。
- 2008年3月，於北島詩人的《Today‧今天》文學網站，註冊《冰夕》個人之博客，旨在交流兩岸文創之推廣與觀摩、相互學習。
- 2008年7月，於「中國新浪網」發起《東方詩學》「會員制／創作群」約140位成員。

變身燈塔

・2010年3月，經營Facebook個人臉書《冰夕》為個人的
即興發表創作之場域。

・2010年4月，經營Facebook作家專頁之臉書《冰夕小小
說》，旨在介紹中外文學、觀讀影音樂藝術之閱感、
賞析中外詩歌之閱讀筆記。

・2013年11月，受邀於《Today・今天》文學網站首
頁之網版責任編輯，旨在推廣華文作者之「文學創
作」。

冰夕・作品散見

　　《國語日報》、《年度詩路2001詩選集》、《中國當代詩庫2007卷》、《文協青年詩人周－參展作》、《乾坤詩刊》、《喜菡詩癮選集／創刊號、二號》、《壹詩歌》創刊號、《文學人月報》、《台灣詩學・吹鼓吹詩論壇二號、四號、五號、七號……》、《創世紀詩刊》等等，詩選集、報刊、詩社，刊載與收錄。

變身燈塔

冰夕‧發表記錄

　　冰夕生性迷糊加上歲月老花著健忘……。故此處，僅紀錄，首次刊載在詩刊或報刊的作品。關於長期有詩社邀稿，或遴選，或意外邀稿者的青睞，或促成冰夕詩集付梓每一本嶄新問世的詩恩們！冰夕都銘感至深：幸遇詩緣良師益友的前輩們，暖握文創相扶勉勵。

1. 〈鄉愁似雪〉首次收錄《文學人月報》2000年十二月刊登。

2. 〈露卡！醒醒吧〉首次收錄《詩路2001年度》詩選集刊登。

3. 〈一個名叫春天的女子〉首次收錄《國語日報》2002年暨「新銳詩人作品展」刊登。

4. 〈晃盪可樂娜的身影〉冰夕手稿首次收錄《壹詩歌》創刊號2003年刊登。

5. 〈露卡！醒醒吧〉首次收錄於《乾坤詩刊》2003春季號，暨「文協青年詩人周展」刊登。

6. 〈女紅〉散文。首次收錄《西子灣副刊》2005年六月刊出。

7. 〈如風起時〉、〈日出‧風城印象〉首次收錄《詩癮》2005年「喜菡文學網」創刊號精選集刊登。

8. 〈如果談及誰先走的問題〉首次收錄《台灣詩學‧論壇二號》2006年三月出版刊登。

9. 〈台灣冰夕五首作品〉首次收錄中國《國際藝術界》2007年三月，刊登網載。

10. 〈冰夕的詩〉首次收錄中國《詩歌報‧月刊》總十九期，2007年六月刊登。

11. 〈冰夕作品〉首次收錄中國《詩歌報》首頁「推薦詩人」2007年第二季，刊登網載。

12. 〈思及巴哈的遠方〉首次收錄《台灣詩學‧論壇五號》「新世代詩人榜」2007年九月出版刊登。

13. 〈穿起李清照的鞋子跳華爾滋〉首次收錄《中國詩庫2007卷》詩刊社，刊登。

14. 〈遺失的來途上〉首次收錄「大學校園文學詩獎作品巡迴詩展」暨第二屆國民詩展2008年五月刊登。

15. 〈中秋路上〉首次收錄《今天TODAY〈今天詩選〉》2008年九月刊登網載。

16. 〈女身〉、〈赤身〉詩兩首，首次收錄2009年11月「小草藝術學院11週年慶——與歷史的靈魂對弈活動」刊登。

17. 〈時光旁白者－致 愚人節〉首次收錄《北美楓》文學期刊2010年二月號。

18. 冰夕・第1本詩集《抖音石》2010年7月 出版。

19. 〈冰夕・詩選五首〉首次收錄於《新世紀吹鼓吹——網路世代詩人選》2012年9月 爾雅出版。

20. 〈淅、瀝、水、鏡／外二首〉首次收錄於《創世紀詩雜誌／第177期》2013年12月冬季號。

21. 〈臨淵者〉首次收錄於《野薑花詩集》2014年3月 第八期 刊載。

22. 〈夢中圍城・組詩四首〉首次收錄於《大海洋詩刊》2015年1月 第九十期 刊載。

23. 冰夕・第2本詩集《謬愛》2015年12月 出版。

24. 冰夕・第3本詩集《變身燈塔》2020年12月 出版。

語言文學類　PG2512　吹鼓吹詩人叢書46

變身燈塔
——冰夕詩集

作　　　者/冰　夕
總 策 畫/蘇紹連
主　　編/李桂媚
責任編輯/姚芳慈
圖文排版/周妤靜
封面設計/劉肇昇

發 行 人/宋政坤
法律顧問/毛國樑　律師
出版發行/秀威資訊科技股份有限公司
　　　　　114台北市內湖區瑞光路76巷65號1樓
　　　　　電話：+886-2-2796-3638　傳真：+886-2-2796-1377
　　　　　http://www.showwe.com.tw
劃撥帳號/19563868　戶名：秀威資訊科技股份有限公司
　　　　　讀者服務信箱：service@showwe.com.tw
展售門市/國家書店（松江門市）
　　　　　104台北市中山區松江路209號1樓
　　　　　電話：+886-2-2518-0207　傳真：+886-2-2518-0778
網路訂購/秀威網路書店：https://store.showwe.tw
　　　　　國家網路書店：https://www.govbooks.com.tw

2020年11月　BOD一版
定價：280元
版權所有　翻印必究
本書如有缺頁、破損或裝訂錯誤，請寄回更換

國家圖書館出版品預行編目

變身燈塔：冰夕詩集 / 冰夕著. -- 一版. -- 臺北
市：秀威資訊科技, 2020.11
　　面；　　公分. -- (吹鼓吹詩人叢書 ; 46)
BOD版
ISBN 978-986-326-861-1(平裝)

863.51　　　　　　　　　　　109015357

讀 者 回 函 卡

感謝您購買本書，為提升服務品質，請填妥以下資料，將讀者回函卡直接寄
回或傳真本公司，收到您的寶貴意見後，我們會收藏記錄及檢討，謝謝！
如您需要了解本公司最新出版書目、購書優惠或企劃活動，歡迎您上網查詢
或下載相關資料：http:// www.showwe.com.tw

您購買的書名：＿＿＿＿＿＿＿＿＿＿＿＿＿＿＿＿＿＿＿＿＿＿＿＿

出生日期：＿＿＿＿＿年＿＿＿＿＿月＿＿＿＿＿日

學歷：□高中 (含) 以下　　□大專　　□研究所 (含) 以上

職業：□製造業　□金融業　□資訊業　□軍警　□傳播業　□自由業
　　　□服務業　□公務員　□教職　　□學生　□家管　　□其它＿＿＿

購書地點：□網路書店　□實體書店　□書展　□郵購　□贈閱　□其他

您從何得知本書的消息？

　□網路書店　□實體書店　□網路搜尋　□電子報　□書訊　□雜誌
　□傳播媒體　□親友推薦　□網站推薦　□部落格　□其他＿＿＿＿＿

您對本書的評價：（請填代號　1.非常滿意　2.滿意　3.尚可　4.再改進）

　封面設計＿＿＿　版面編排＿＿＿　內容＿＿＿　文／譯筆＿＿＿　價格＿＿＿

讀完書後您覺得：

　□很有收穫　□有收穫　□收穫不多　□沒收穫

對我們的建議：＿＿＿＿＿＿＿＿＿＿＿＿＿＿＿＿＿＿＿＿＿＿＿＿

＿＿＿＿＿＿＿＿＿＿＿＿＿＿＿＿＿＿＿＿＿＿＿＿＿＿＿＿＿＿＿＿

＿＿＿＿＿＿＿＿＿＿＿＿＿＿＿＿＿＿＿＿＿＿＿＿＿＿＿＿＿＿＿＿

＿＿＿＿＿＿＿＿＿＿＿＿＿＿＿＿＿＿＿＿＿＿＿＿＿＿＿＿＿＿＿＿

11466
台北市內湖區瑞光路 76 巷 65 號 1 樓

秀威資訊科技股份有限公司 　　　收

BOD 數位出版事業部

....

（請沿線對折寄回，謝謝！）

姓　　名：＿＿＿＿＿＿＿＿＿　年齡：＿＿＿＿　性別：□女　□男

郵遞區號：□□□□□

地　　址：＿＿＿＿＿＿＿＿＿＿＿＿＿＿＿＿＿＿＿＿＿

聯絡電話：(日)＿＿＿＿＿＿＿＿＿＿　(夜)＿＿＿＿＿＿＿＿＿＿

E-mail：＿＿＿＿＿＿＿＿＿＿＿＿＿＿＿＿＿＿＿＿＿＿＿